Cymraeg - Sbaeneg

Y Tri Mochyn Bach
Los Tres Cerditos

Ailadroddiad - Adaptación: Arianna Candell

Addasiad - Emily Huws

Llunian - Ilustraciones: Daniel Howarth

I Elin Margaret Hogg a Matthew Andreas Hogg
oddi wrth Emily xxxx

Unwaith roedd teulu o foch bach yn byw gyda'i gilydd. Pan dyfodd y tri brawd yn fawr roedd yn hen bryd iddyn nhw gael tŷ iddyn nhw'u hunain.

Había una vez una familia de cerditos que vivían todos juntos. Los tres hermanos cerditos se habían hecho mayores y había llegado la hora de que cada uno de ellos tuviera su propia casa.

2

3

Un diog oedd y mochyn bach cyntaf. "Fydda i fawr o dro yn codi cwt da i mi fy hun petawn i'n casglu gwellt o'r cae," meddai wrtho'i hun. Aeth at ffermwr oedd yn torri gwellt a gofyn: "Os gwelwch chi'n dda, ga i dipyn o wellt i godi cwt i mi fy hun?"

El primer cerdito, el más perezoso de la familia, pensó que
si se ponía a recoger un poco de paja de los campos se podría hacer
con poco tiempo una buena cabaña y la pidió al campesino que segaba:
–Por favor, campesino, ¿me darías un poco de paja para hacerme
una cabaña?

Yn fuan iawn, cododd gwt bychan. Ond gan ei fod yn cysgu yno ar ei ben ei hun, roedd yn ddigon mawr. Wedi gorffen, i ffwrdd ag o allan i chwarae.

En un momento hizo la cabaña. Era pequeñita, pero como sólo tenía que dormir él, ya tenía bastante. Al acabar, se fue a jugar.

7

Un barus oedd yr ail fochyn bach. Roedd o eisiau codi tŷ pren iddo'i hun, er mwyn cael ei orffen yn sydyn a mynd i sglaffio afalau. Roedd wrth ei fodd yn gwneud hynny.

El segundo cerdito, el más tragón de la familia, quiso hacerse la casa de madera, para acabar pronto e irse a comer manzanas, ¡era lo que más le gustaba!

Gwelodd ddyn yn torri coed i wneud tân.
Gofynnodd iddo: "Os gwelwch chi'n dda,
goedwigwr, ga i dipyn o foncyffion i godi caban i
mi fy hun?"

Se encontró a un leñador que cortaba
los troncos de los árboles y hacía montones
de leña, y le dijo:
–Por favor leñador, ¿me darías unos cuantos troncos
para poder hacerme una cabaña?

Wedi cael boncyffion a thipyn o frigau i wneud y to, gorffennodd godi'r caban yn fuan iawn. Wedyn i ffwrdd ag o i fwyta afalau ac i chwarae efo'i frawd.

Y con varios troncos y unas cuantas ramas para hacer de tejado, enseguida tuvo la cabaña terminada. No tardó mucho a construirla, y rápidamente se fue a comer manzanas y a jugar con su hermanito.

Roedd y trydydd mochyn bach, yr un mwyaf gweithgar, am godi tŷ brics a sment iddo'i hun. Byddai'n cymryd mwy o amser i'w godi, ond byddai'r tŷ yn un diogel.

El tercer cerdito, el más trabajador, decidió hacerse una casa de cemento y ladrillos. Tardaría más en construirla pero estaría más protegido.

15

Yn ffodus, pwy ddaeth heibio ond dyn yn cario brics.

"Os gwelwch chi'n dda," gofynnodd y mochyn bach iddo, "ga i ddigon o frics i godi pedair wal gynnoch chi?"

"Wrth gwrs," atebodd y dyn. "Fe wnân nhw dŷ hyfryd iti."

Por suerte enseguida encontró
un albañil cargado de ladrillos.
–Por favor albañil, ¿me darías unos cuantos ladrillos
para levantar cuatro paredes?
–le preguntó.
–Por supuesto, te quedará una casa muy bonita
–contestó el albañil.

17

Felly gweithiodd y trydydd mochyn bach yn galed i godi tŷ iddo'i hun. Bu wrthi drwy'r dydd yn gosod y brics yn eu lle â sment.

Erbyn iddo orffen, roedd yn falch iawn o'i dŷ newydd.

Roedd ganddo ddrws, ffenestri, to a lle tân hyd yn oed. Ar ôl diwrnod caled o waith roedd ganddo dŷ hyfryd, yn werth bod wedi gwneud cymaint o ymdrech.

Así fue como el tercer cerdito empezó a hacerse una casa trabajando sin parar, colocando los ladrillos enganchados con cemento.

Cuando terminó ya era tarde, pero estaba muy satisfecho con su nueva casa. Tenía una puerta, ventanas, tejado e incluso chimenea. Después de mucho trabajo, la casa quedó preciosa. ¡Había valido la pena esforzarse!

18

Pwy oedd yn prowla o gwmpas
yr ardal ond hen flaidd. Roedd o
wedi clywed fod y moch bach wedi
gadael cartref eu rhieni ac i ffwrdd ag o i chwilio
amdanyn nhw.
Un llwglyd iawn oedd y blaidd bob amser ac
roedd meddwl am fwyta'r moch bach yn tynnu
dŵr o'i dannedd.

En aquellos valles por donde los tres cerditos habían
ido a vivir, rondaba un lobo que enseguida se enteró
que los cerditos se habían marchado de casa de sus
padres y corrían por allí. El lobo, que siempre tenía
mucha hambre, sólo de pensar que se los comería
se le hacía la boca agua.

I ddechrau, aeth at y mochyn efo tŷ gwellt. Curodd ar y drws.

Cnoc. Cnoc. Cnoc. "Agor y drws!" gwaeddodd y blaidd.

"Na wna i," atebodd y mochyn bach.

"Wel, mi chwytha i ac mi chwytha i dy hen dŷ di yn rhacs jibidêrs!" gwaeddodd y blaidd, a chwythu'r gwellt dros bob man.

Primero se dirigió a la casa de paja. Cuando llegó llamó a la puerta:

–Toc, toc, toc. ¡Ábreme! –gritó el lobo.

–No lo pienso hacer –contestó el cerdito.

–¡Pues soplaré y soplaré y la cabaña hundiré!

¡Y toda la paja quedó esparcida!

Rhedodd y mochyn bach nerth ei draed i dŷ ei frawd. Cnoc. Cnoc. Cnoc.

"Agorwch y drws!" gwaeddodd y blaidd.

"Na wnawn," atebodd y ddau fochyn bach.

"Wel, mi chwytha i ac mi chwytha i eich tŷ chi'n rhacs jibidêrs!" atebodd y blaidd.

Chwythodd a chwythodd nes syrthiodd y tŷ i lawr.

El cerdito se puso a correr hasta la casa de madera de su hermano.

Cuando los dos estaban dentro de nuevo llamó el lobo:

–¡No te dejaremos entrar! –le dijeron los cerditos temblando de miedo.

–¡Pues soplaré y soplaré y la cabaña derrumbaré!

Y empezó a soplar hasta que hundió la cabaña.

24

Rhedodd y ddau fochyn bach am eu bywyd i dŷ
brics eu brawd.
Cnoc. Cnoc. Cnoc.
"Agorwch y drws!" gwaeddodd y blaidd yn ddig.
"Neu mi chwytha i ac mi chwytha i nes bydd
eich tŷ chi'n rhacs jibidêrs!"
"Gei di chwythu hynny fynni di, ond chei di ddim
dod i mewn," atebodd y moch bach.
Chwythodd y blaidd. Chwythu a chwythu,
ond y tro yma, ni symudodd y tŷ.

Los dos cerditos corrieron mucho hasta que llegaron
a la casa de ladrillos de su hermano. Y cuando
estuvieron los tres dentro
de la casa, llegó el lobo.
–¡Abrid! –dijo el lobo enfurecido– Si no, soplaré,
soplaré y soplaré y ¡la casa os destruiré!
–Ya puedes soplar que no te abriremos
–le contestaron tranquilos los cerditos.
El lobo sopló y sopló sin embargo, esta vez,
la casa ni se movió.

Roedd y tŷ yn gadarn fel craig a'r blaidd wedi colli'i wynt. Er ei fod wedi blino, wnaeth o ddim rhoi'r gorau iddi. Aeth i nôl ysgol, dringo i ben y to a neidio i lawr y simnai. Roedd am fwyta'r tri mochyn bach doed a ddelo.

Ond wyddai o ddim fod y moch wedi cynnau'r tân.

La casa era muy fuerte y resistente.
El lobo se quedó sin aire. Sin embargo, aunque estaba muy cansado, no desistía. Fue a buscar una escalera, se subió al tejado y se dejó caer por la chimenea. Quería entrar en casa y comerse los cerditos y no pararía hasta lograrlo.
Pero lo que no sabía es que los cerditos habían encendido la chimenea.

28

Rhoddodd y blaidd sgreeeeech fawr pan deimlodd y tân yn llosgi'i gynffon. Wedi dychryn yn ofnadwy, rhedodd yn bell, bell i ffwrdd. Aeth o ddim ar gyfyl yr un mochyn byth, byth wedyn.

El lobo, al caer por la chimenea, se chamuscó la cola.
Dio un grito escalofriante y del susto que tuvo, se marchó
muy lejos y nunca más se volvió a acercar a ningún cerdito.

Bu'r tri mochyn bach yn byw gyda'i gilydd yn hapus braf yn nhŷ eu brawd hynaf. Roedden nhw wedi dysgu fod yn rhaid gwneud ymdrech i wneud pethau'n iawn ac fod yn well cymryd amser na gwneud pethau ar frys. Dydi pethau sydd wedi eu gwneud rywsut-rywsut yn dda i ddim.

Los tres cerditos se quedaron a vivir juntos y felices
en la casa del hermano mayor. Habían aprendido que las cosas bien
hechas cuestan esfuerzo y que es mejor dedicar tiempo que
hacerlas demasiado deprisa, porque si se hacen de cualquier
manera no salen bien; como había pasado con sus cabañas, ¡que
con un soplo se hundieron!

Gweithgaredd
Actividad

Beth am wneud theatr?

¡Hagamos teatro!

Mae angen:

Tipyn bach o ffelt pinc i wneud y moch bach; ychydig o ffelt du a gwyn i wneud llygaid a thrwyn (er y gallwch ddefnyddio pensel ffelt ddu i'w marcio ar y ffelt pinc os mynnwch chi) a glud.

Material:

Fieltro de color rosa para hacer los cerditos, un poco de fieltro de color blanco, un poco de fieltro de color negro (el color blanco y negro servirán para hacer los ojos y los agujeros del morro, aunque si lo prefieres puedes pintarlos con un rotulador de color negro un poco grueso), cola.

1

2

3

34

I adrodd y stori, y cyfan sydd ei angen ydi pypedau bach del a digon o wynt i chwythu!

Sut i'w gwneud:

1. Torrwch allan dau ddarn o ffelt, un ar gyfer y tu blaen a'r llall ar gyfer y cefn. Cofiwch fod yn rhaid iddyn nhw fod yn ddigon mawr i ffitio am eich bys.
2. Yna glynwch nhw yn ei gilydd rownd yr ymylon, gan gofio gadael digon o le i'ch bys. Neu fe allech eu gwnïo.
3. Yna defnyddiwch y ffelt du a gwyn neu'r bensel ddu i wneud wynebau arnyn nhw.
4. I wneud y blaidd, defnyddiwch hen hosan lwyd eich tad. Defnyddiwch fotymau neu ffelt i wneud y trwyn a'r clustiau a'r llygaid a darnau o wlân i wneud ffwr. I wneud i'r blaidd weithio rhowch eich llaw i gyd i mewn yn yr hosan.

Para representar el cuento sólo hace falta que te construyas unos títeres bien bonitos y ¡mucha fuerza para soplar!

Pasos:

1. Tienes que cortar dos trozos de fieltro, uno para el dorso y otro para la cara (han de ser suficientemente grandes para que te quepan una vez enganchados).
2. Una vez cortados, engánchalos (si pides ayuda también se pueden coser) dejando espacio para que te quepan los dedos.
3. Ahora ya puedes añadir los rasgos de la cara con los trocitos de fieltro de los otros colores o bien pintándolos.
4. Para hacer el títere del lobo, puedes utilizar un calcetín viejo de tu padre que sea de color marrón. Los ojos y la nariz los puedes hacer con botones; y el pelo, cosiendo hilos de lana. Para representar al lobo deberás meter toda la mano en el calcetín.

Hwyl fawr efo'r sioe!!

¡Suerte con la representación!

Y TRI MOCHYN BACH

Ailadroddiad: **Arianna Candell**

Lluniau: **Daniel Howarth**

Addasiad Cymraeg: **Emily Huws**

Cyhoeddwyd a dyluniwyd yn wreiddiol gan
© Gemser Publications, S.L. 2008
El Castell, 38 08329 Teià (Barcelona, Sbaen)
www.mercedesros.com
e-bost: info@mercedesros.com

Cyhoeddwyd yn y Gymraeg
gan Wasg Carreg Gwalch

Rhif rhyngwladol: 978-1-84527-213-5

Argraffwyd yn Tsieina
Mawrth 2009

3124048 8

Mae'r cyhoeddwyr yn cydnabod cefnogaeth ariannol Cyngor Llyfrau Cymru

Argraffwyd a chyhoeddwyd gan Wasg Carreg Gwalch,
12 Iard yr Orsaf, Llanrwst, Dyffryn Conwy, LL26 0EH.
Ffôn: 01492 642031
Ffacs: 01492 641502
e-bost: llyfrau@carreg-gwalch.com
lle ar y we: www.carreg-gwalch.com

LOS TRES CERDITOS

Adaptación: **Arianna Candell**

Ilustraciones: **Daniel Howarth**

Diseño y maquetación: **Gemser Publications, S.L.**

© *Gemser Publications, S.L. 2009*
El Castell, 38   08329 Teià (Barcelona, España)
www.mercedesros.com
e-mail: info@mercedesros.com

ISBN: 978-1-84527-213-5

Impreso en China
Marzo 2009

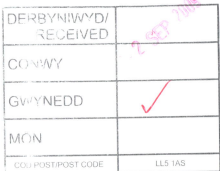